U0592459

高陵民谣
王勇超题

GAO LING MIN YAO

甄陵 张新龙 吴瑛◎编著

高陵民謠

王勇超題

出版社

《高陵民谣》编委会

序

王勇超

《高陵民谣》带着淳朴的民风扑面而来，让人陶醉在乡土情意及大秦之道的绵绵遐思中不可自拔。正如罗斯金讲的那样，“那些带有历史传说或记录着真实事件的老屋旧宅，比所有富丽堂皇但却毫无意义的宅第更有考察的价值。”这就是植根于家国情怀和理想信念的力量。

“人民有信仰，民族有希望，国家有力量。”习近平总书记反复强调文化自信，强调要大力弘扬中华民族精神、传承发展优秀传统文化。遗憾的是，自近代以来，我们一度丧失了文化自信。当今，中国发展强大了，但在国人中仍然存在不同程度的“崇洋媚外”。因此，增强文化自信具有重大的现实意义。文化自信内涵极为丰富，其中最为核心的就是对中华优秀传统文化的自信。文化自信与社会主义核心价值观自信息息相关，优秀传统文化是涵养社会主义核心价值观的重要源泉。

我们要不忘初心，继续前进，就是要在继承发展中华民族优秀传统文化的基础上，大力建设中国特色社会主义新文化。其中千百年来人民群众创造的民间

文化是中国特色社会主义新文化建设的重要文化资源。民间文化是人本的根文化，民间文化传承着仁、义、礼、智、信等传统美德及和谐思想。特别是包括民谣在内的民间口头文学及其民间民俗文化活动，乃是社会主义核心价值体系建设的大众方式和重要载体。

《高陵民谣》选编优秀民谣近百首，这些民谣内容丰富，生动形象，记录历史，反映时代精神。如反映爱国主义思想的《快去把兵当》：“叫乡党，快去上战场，快去把兵当！把日本鬼子打出咱家乡！”

如针砭时弊，批判形式主义、官僚主义的《开会》：“台上假大空，台下闹哄哄，女人打毛衣，男人梦周公，会才开一半，台下人走空。”“你报告，我睡觉，说来说去老一套。”《空喊》：“坐在家里喊大干，广播室里创高产，喇叭吹得一身汗，肚子饿得咕噜转。”《干部胡捏冒算》：“干部胡捏冒算，结果评上模范。群众精打细算，还挨会上批判。”“成绩全是捏造哩，产量都是胡报哩，干部却是高升哩。”

还有期待出现好干部、好作风的《实干歌》：“说一千，道一万，不如带头多流汗。干部要学领头羊，莫学‘知了’光叫唤。”

表现青年男女爱情观的《信誓歌》：“三个小伙恋妹妹，花言巧语迷人心，妹妹主意早打好，责任田里去看麦，谁的麦好我爱谁！”《约会歌》：“叫声哥哥你快来，妹妹爱你不爱财。”

还有更多表现百姓生活的民谣，如《世时歌》：“喝米汤还得排队，‘忠字舞’不跳就得上会。”《家庭百态》：“儿多女多，挨的骂多。”《冷暖歌》：“玉米面，打‘搅团’，爱儿不如爱老汉。儿子大了瞪白眼，知热知冷老来伴。”以及《孝敬歌》《人心早开迎春花》《包产到户人人夸》等。

编著出版《高陵民谣》是文化自觉和文化自信的具体行动。民谣在形式上是韵文，在文化史上是千百年来活在群众口头的生动形象的文学样式。民谣在思想内容上大都是朴实无华深入浅出健康向上寓教于乐的生活“宝典”。作家阿莹在他的新作《大秦之道》中比较关中、陕北、陕南民歌的差异说：关中民歌是感叹命运之调，陕北民歌是歌唱生命之韵，陕南民歌是歌颂生活之乐。《高陵民谣》是关中民歌的组成部分，其表现内容和语言形式等无不打上了关中老百姓民俗生活的烙印。

“传统的就是时尚的。”如果《高陵民谣》的出版发行，能够唤起我们、特别是年轻一代的文化自觉和文化自信，那就真是幸甚！幸甚！

丙申腊月于省思斋

（王勇超：中国民间文艺家协会副主席，陕西省文学艺术界联合会副主席，陕西省民间文艺家协会主席。）

目录 CONTENTS

三月里

三月里来是清明，
姊妹二人去踏青，
顺便放风筝。
姐姐放的花蝴蝶，
妹妹放的花蜈蚣，
双双映彩虹。
二人玩的兴致浓，
谁料老天刮大风，
风筝断了绳。
三月里来是清明，
姐妹的风筝倒栽葱，
好事一场空。

人世间事情的成败有一个定数，要取决于多个因素。姐姐的婚事，不能强求，更不能借助于放风筝，一次偶然的断线就来推断事情的成败。此首民谣对应巧妙，花蝴蝶就应成双成对，暗衬的就是姐姐的婚事有了变故，却巧妙地用“借喻”的手法来告知结果，颇具语言特色。

冷暖情

送郎送到后背坡，
怀里掏出热蒸馍，
我郎饱饱吃一顿，
免得回去再烧锅，
比不得人家有老婆。
太阳中午正当空，
妹妹送饭到田中。
我问妹妹什么菜，
只有萝卜和大葱，
还有白菜在当中。

这是一首表现朴素爱情的歌谣。这种委婉的恋歌，把一个女子追求爱情的心理强烈地表现了出来。

信誓歌

三个小伙恋妹妹，
花言巧语迷人心，
妹妹主意早打好，
责任田①里去看麦，
谁的麦好我爱谁。

这是一首流传于20世纪70年代的爱情民谣，向人们展示了那时的年轻女性的一种爱情观，既不贪财，亦不高攀。反映出一种新时代的年轻人的健康心态，对现在的人们，仍有一种警示作用。

①责任田：20世纪70年代在农业学大寨热潮中，每一个基层干部、青年社员都分配有责任田。比、学、赶、帮、超，看谁的责任田庄稼长得好，就说明主人勤快、能干、懂技术，成为衡量年轻人的标准。

太陽没落朝外都明亮开起還未見鐘表走了几圈圈
盼亲人走到村邊邊聽一聲喜鹊叫我心一陣跳亲人
不歸還我睡不着觉我把灯泡擦了又擦待亲
人回家細數挣錢多少咱不説只盼亲人早早回家 黎

思念歌

太阳没落朝外看，
月亮升起还未见。
钟表走了几圈圈，
盼亲人走到村边边。
听一声老鹰叫，
我心一阵跳。
亲人不归还，
我睡不着觉。
我把灯泡擦又擦，
待亲人回家看细发，
挣钱多少咱不论，
只盼亲人安全早回家。

此首民谣反映出在外打工的艰辛以及企盼亲人回来的心理描写，那种急切的心情、恐惧、担惊受怕与牵挂。最后道出了无论挣钱多少，只盼安全回家的人生真谛。

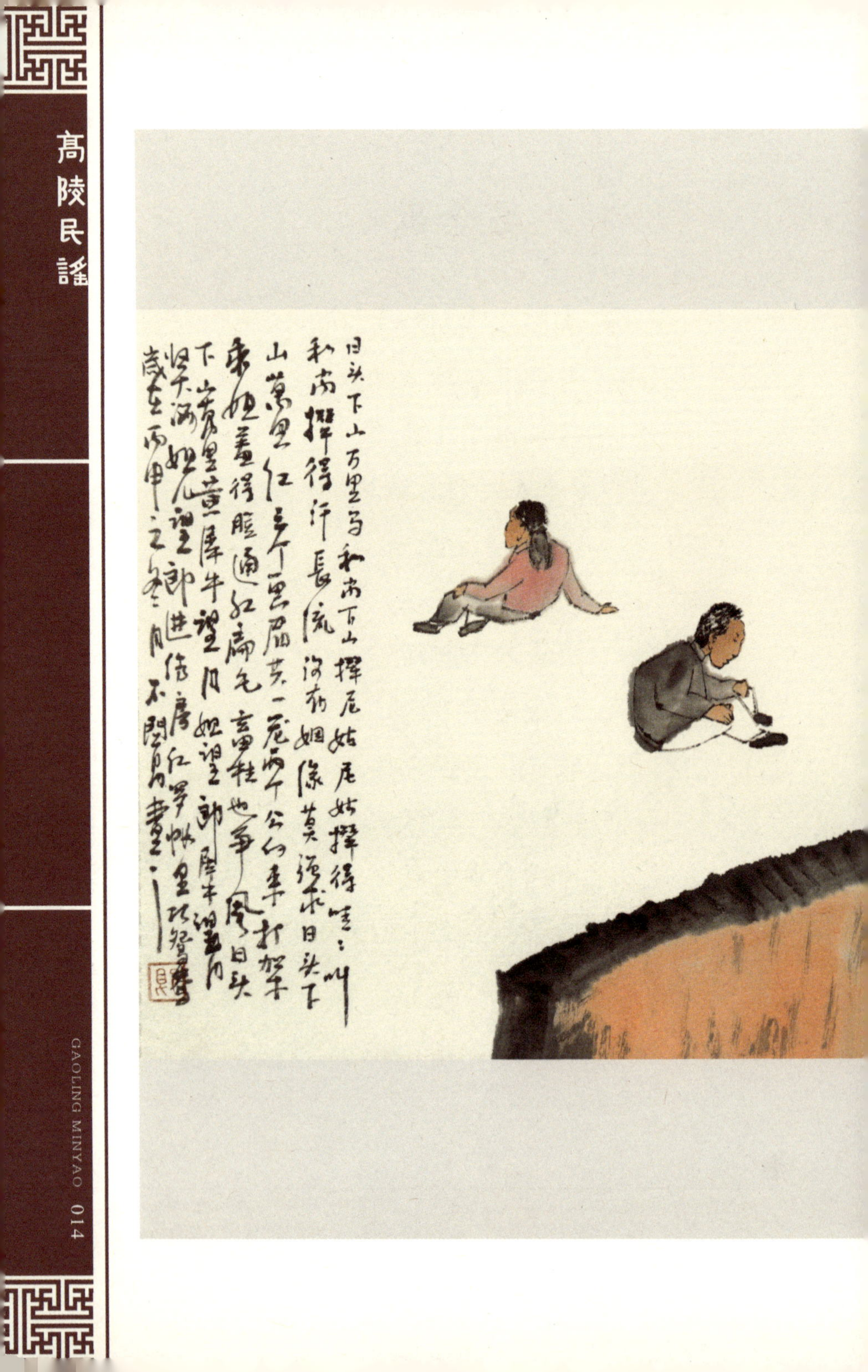

姻缘莫强求

日头下山万里乌，和尚下山撵尼姑。
尼姑撵得哇哇叫，和尚撵得汗长流，
没有姻缘莫强求。

日头下山万里红，三个画眉共一笼。
两个公的来打架，乖姐羞得脸通红，
扁毛畜牲也争风。

日头下山万里黄，犀牛望月姐望郎。
犀牛望月归大海，姐儿望郎进绣房，
红罗帐里绣鸳鸯。

这首民谣，从侧面反映了姻缘的合理性，用一些“性”福的形象铺展开来，教育人们在追求幸福姻缘中，要有礼、有节，重视缘分的到来。

奶娃的脖子过河的腿吊死鬼的
头发吃娃的嘴 丙申之冬
日不閒齋畫之并識

时髦女

奶娃的腔子，
过河的腿，
吊死鬼的头发，
吃娃的嘴。

此首民谣仅用四句就把 20 世纪八九十年代改革开放后，紧跟时髦的年轻女性的衣着打扮勾勒了出来。语言简练，口语化，比喻生动，一看便知。

酒壺提扁啦
筷子挾短啦
黑食塞滿了
招禍不遠啦

歲在丙申冬月不閑齋畫之

招祸不远啦

酒壶捏扁啦，
筷子操短啦[1]，
“黑食”塞满了[2]，
招祸不远啦[3]！

此首民谣讽刺那些吃拿卡要的不正之风的人，以示警告。

①“操”，高陵方言，即“用筷子夹”的意思。

②“黑食”，高陵土语，指暗地里吃、拿、卡、要百姓的财物。

③“招祸”，高陵方言，即“挨错”的意思。字意解释为招来灾祸，这里引申为“触犯法律”之意。

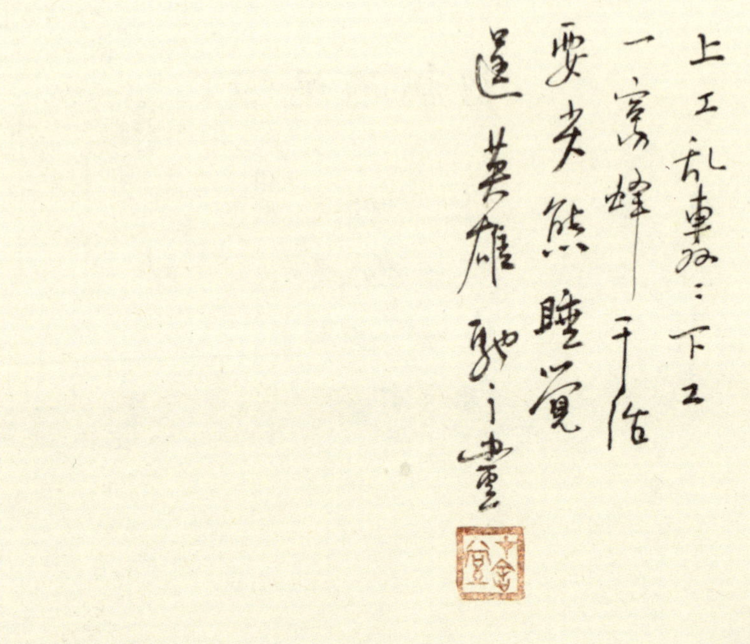
上工乱轰轰下工
一窝蜂　干活
要尖熊　睡觉
逞英雄
驰之画

睡觉逞英雄

上工乱轰轰，
下工一窝蜂。
干活耍奸熊，
睡觉逞英雄。

注

此首民谣流行于 20 世纪 60 年代，形象地概括了“大跃进”“文革”时期农业生产的出工现状，生动地讽刺了农村在“大锅饭”时的劳动百态。

鷄毛抖不遠 犁轅子拽不展 牛尾巴扇不滿 秤錘担不扁 鍘刀刃上碰不卷 長虫尻子沒深淺

歲壬申之冬 不問齋主書 熙一

熙

无题

鸡毛抖不远，
牛跟头拽不展[①]，
牛笼嘴尿不满[②]，
秤锤捏不扁，
铡刀刃子碰不卷，
长虫尻子没深浅[③]。

此首民谣组合了几句农村的大实话用语。鸡毛很轻，轻得能飞上天，但要凭用力地扔、抖，如同大象踩蚂蚁，用力使不上劲。

①牛跟头。高陵土语，一种弯曲的农具，专用于牲口，特别是搭压在牛的脖子上，以便让牛拉犁用的，称为“牛跟头”。

②牛笼嘴。高陵土语，用绳或皮革编织而成网格状，套在牛的嘴上，称为牛笼嘴。目的是不让牛在耕作时吃地里的庄稼。

③长虫，高陵土语，当地把“蛇”称为长虫。

大領導小干部
人人都穿尼龍褲
前日來后屁股有風
沒風呼呼擺擺洗染黑
的穿三回就是沒
有社員的 馭之畫

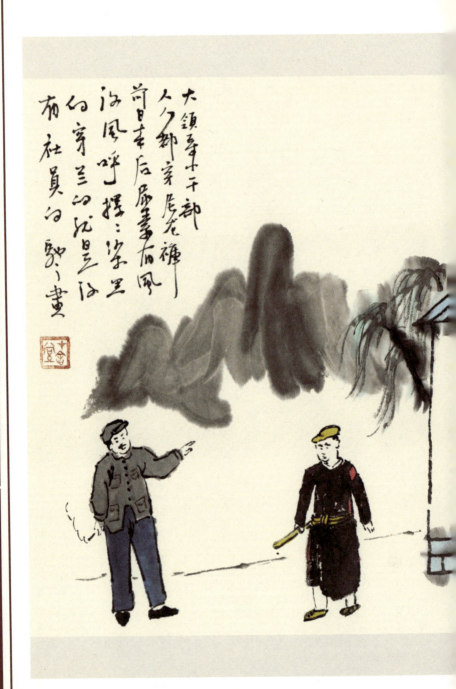

尼龙裤

大领导，小干部，
人人都穿尼龙裤①。
前“日本”，后“尿素”②，
有风没风呼摞摞③。
染黑的，穿蓝的，
就是没有社员的。

①尼龙裤：尼龙是一种合成纤维，学名为“聚酰胺纤维”。20 世纪 60 年代，开始进入中国纺织业，是当时时兴的一种布料。它的最大特点就是结实、耐用、立体感强。相对于棉布而言，有很多优势，满足了当时人们追求的“裤子要见线，上衣显棱角”的心理。但由于价格较昂贵，货源稀缺，成为大众追求的目标之一。

② 20 世纪 70 年代起，随着中日邦交正常化，日本的化肥开始进入中国。用作包装的化肥袋子，正是用低等的“尼龙”料做成。于是人们将袋子染成其他颜色用来作服装用。由于印刷的“日本”和“尿素”字样怎么也染不掉，才形成了这种情况，从侧面反映出当时中国农村的贫穷。

③“呼摞摞”，高陵方言，形容衣料柔软，轻飘，不沾身。此料做成的衣裤特别适合于夏季。

台上假大空台下閙哄哄女人打毛衣男人抽烟開公會才開一半台下人走完歲在庚寅冬月不閑居畫之弄郎

开会

台上假大空，
台下闹哄哄。
女人打毛衣，
男人梦周公[①]。
会才开一半，
台下人走空。

20世纪七八十年代，形式主义严重，无论学习、开会，都流于形式，走过场，才造成了民谣中说的这种社会现象。言辞虽有偏激，但凡是经历过的人，会有种切身感受。

干部胡捏眉弄
結果評上模範
群眾精打細弄
還挨會上批評
丙申之夏
不問齋
畫了

干部胡捏冒算

干部胡捏冒算[①]，
结果评上模范。
群众精打细算，
还挨会上批判。

此首民谣反映出 20 世纪 50—70 年代，特别是“大跃进”“农业学大寨”时的浮夸风，不脚踏实际，实事求是，一级哄一级，说实话挨错、说假话提拔之风气由来已久。

①“胡捏”，高陵方言，“凭空想象”的捏造。

十二姐悄悄地骑上毛驴去熬娘爸妈
看見哈哈笑哥嫂看見撅了嘴哥哥
嫂嫂你别噘做双花鞋我就走
歲在丙申冬月不聞居畫之

小二姐熬娘[1]

小二姐，忙又忙，
骑上毛驴去熬娘。
爸妈看见哈哈笑，
哥嫂看见扭了脸。
哥哥嫂嫂你别瞅，
做双花鞋我就走。

此民谣流传于20世纪40—70年代。出嫁后的女子回家，就一件非常平常的小事，就能看出不同的心态。私心是人的本能，只有父母对儿女才是真情。

柒點開會
八點到
九點開始
作報告
你報告
我睡覺
說來說
去老一
套歲在
丙申之
冬月不聞

开会歌

七点开会八点到，
九点开始作报告。
你报告，我睡觉，
说来说去老一套。

注

此首民谣揭露了 20 世纪 60—90 年代开会时的一种政治怪象。

希逛世事颠倒颠，小腿还比大腿宽，小伙子上身穿红衫，嘴角叼白带把烟，十八岁就像老汉头，发长得披到肩，刘海盖眼睛，戴得蟒是，男是女难分辨，老者老者少，少年老抱仔串，就硅喝仔们茶抽仔烟，默坐一边少言传。不闇画

世事乱象

看这世事颠倒颠，
小腿还比大腿宽。
小伙子上身穿红衫，
嘴角叼的带把烟①。
十八岁就当老汉②，
头发长得披到肩，
鳖盖眼睛戴得端③，
是男是女难分辨。
老者、老者少皮干④，
小心抡你半截砖。
喝你的茶，抽你烟，
蹴在一边少言传⑤。

此首民谣生动地描述了20世纪80年代，全国实行改革开放后，国外的生活方式传入中国，一些青少年追赶时髦，成为一种“时尚”。

①带把烟，指过滤嘴香烟。20世纪80年代前，中国的香烟很少带有过滤嘴，因为谁能抽上昂贵的带过滤嘴的烟，认为是一种富贵。

②那时的青少年，经常留着长胡须，如同过去老汉才会留的胡子。年龄长的人看不惯，但年轻人却认为赶时髦。

③指的是年轻人经常戴着新款样式的“蛤蟆镜”。

④“皮干”，高陵土语，骂人的话，意思是不要多嘴说话。

⑤“言传”，高陵方言，即“说话”之意。

南門外里有家人
頓頓吃飯要关門一頓
吃飯門沒关黃鼠狼進
了山儿子跟上送盘缠
儿天沒有回家轉老
婆算卦問神仙神
仙神仙請下凡媳婦
屋里哭皇天
丙申冬不問齋畫一丁

南门外有家人

南门外里有家人，
顿顿吃饭要关门。
一顿吃饭门没关，
黄鼠狼进来把鸡擒。
老汉追得进了山，
儿子跟上送盘缠[①]。
几天没有回家转，
老婆算卦问神仙。
神仙神仙请下凡，
媳妇屋里哭皇天。

①盘缠，陕西方言，即“钱”之意。

黃狗下鄉百姓發慌弄錢
征糧叫爺喊娘 丙申冬不問鳥畫

叫爷喊娘

黄狗下乡[①]，
百姓发慌。
弄钱征粮，
叫爷喊娘。

①此首民谣流传于20世纪三四十年代。“黄狗”是百姓对当时国民党军警人员的称呼，因其人员多穿黄衣，故称“黄狗”。短短四句，就描写出了那个时代的社会混乱、民不聊生的生存环境。

炸药包手榴弹二十响
跟后边办事没有这几
件队非五夫守机关
丙申之冬驰之画之

炸药包

炸药包，手榴弹①，
“二十响”，跟后边②。
办事没有这几件，
除非“五夫”守机关③。

①“炸药包”。20世纪六七十年代，关中地区的民间将点心、食品之类的礼品称为炸药包。去商店买食品，售货员往往将点心、麻饼、饼干等食品包装成四方形，然后用纸绳十字捆扎，作为人们行走往来送礼之用，因形状类似炸药包，故称为“炸药包”。“手榴弹”，指的就是酒。它也是20世纪人们送“四样礼”的必选礼品之一。因形状酷似手榴弹，人们就将它称之为“手榴弹”。

②“二十响”，指的就是烟。20世纪60—80年代，由于实行计划经济，香烟作为一项紧俏物资被人们用来当重礼相送。

③“五夫”。指的是在权力机关工作的亲戚，包括姑父、姨夫、姐夫、舅父、妹夫。

此民谣流传于20世纪七八十年代。当时，物资短缺，就业艰难，社会福利满足不了人们的需求，因而“走后门”风盛行。糕点、烟、酒成为稀缺货，成为送礼的“上等品”。

吃喝团

检查团，来下乡，
哪有“油水”哪里选[①]。
张卜走瓜地[②]，
杏王穿果园[③]，
耿镇的梨瓜真正甜[④]，
“豁口”桃吃得笑开颜[⑤]。
走后群众发了言，
标准的是吃喝团。

①“油水”，高陵土语，当地把“好处”称作“油水”。

②张卜是高陵区一个乡，由于紧靠渭河，土地含沙量大，日照充分，种出来的西瓜、红萝卜含糖量高，脆而甜，属高陵“三甜”之一。

③杏王属张卜乡的一个村，过去盛产水果而得名。

④耿镇位于渭河南岸，土质肥沃，生长的“白兔娃梨瓜”远近闻名。

⑤“豁口桃”属高陵水果“三甜”之一，久负盛名。主产区在崇皇船张村、杨官寨村。果实大而颜色呈红，成熟的时候由于水肥跟得上，日照时间长，很多桃子都绽裂开来，故称“豁口”桃。

鋤々鋤蓋兩鋤說着看着到地頭遇要
草露頭給記不了我再鋤
歲在丙申之冬月不閑齋畫之并記

混工分

锄一锄，盖两锄，
说着看着到地头。
过两天，草露头，
给记工分我再锄。

工分制是20世纪50—80年代农村实行按劳分配的产物。至80年代初推行土地联产承包制后，就退出了历史的舞台。此首民谣反映了那个时期吃大锅饭、混世事、混集体、干活的农民心态，岂不知到头来吃亏的还是自己。

牛哭哩驢叫喚
飼養員偷料
哩十個布袋九個
空跑得老鼠
害腿疼 西軍
立冬畫
於高陵

牛哭哩

牛哭哩，驴叫哩，
饲养员，偷料哩[1]。
十个布袋九个空，
跑得老鼠害腰疼。

20世纪50年代以后，农村实行了合作化，进而成立人民公社。实行公社、大队、生产小队三级管理体制。每个生产队都有饲养室，圈养着不同数量的牲畜。当时，农村处在手工劳动为主的生产状况，而牲畜是唯一能替代人力劳动的生产工具。因此，饲养室的规模、大小、圈养的牲畜数，体现的是一个生产队的经济实力的大小。

此首民谣反映出那时的粮食相对短缺，群众始终处在饥饿状态下，人们没办法，才出现了饲养员偷吃牲畜料的怪象。语言生动，滑稽。

順情說好話淨是子不挨罵队長的媳婦
会計的娃保管員他爹惹不下队長用錢一句話
会計用錢紙上畫出納用錢順手拿社員用
錢求菩薩　丙申之冬不閑寫畫之

农村乱象

（一）

顺情说好话，
添尻子①不挨骂。
队长的媳妇，
会计的娃，
保管员他大②惹不下。

（二）

队长用钱一句话，
会计用钱纸上画，
出纳用钱顺手拿，
社员用钱求菩萨。

注

这首民谣把 20 世纪 60—80 年代的农村财经管理描写得细致生动，虽然不是普遍现象，也有过激夸张之词。但多多少少表达出群众对当时生产队管理现状不满的一种发泄。侧面揭示了队长、会计、保管员的特权有多大。

①“添尻子”，高陵土语，人们习惯把献媚、讨好、巴结他人的行为称为“添尻子”。

②“他大”，高陵方言，亦是关中方言，把“爸、父亲”习惯称为“大”。

礼

塞黑拐

烟搭桥，酒铺路，
“黑拐”[①]塞了保顶数。
要看你的饦饦大[②]，
不顶熟人搭句话[③]。

此首民谣流传于20世纪70—90年代，当时物资匮乏，经济紧张，办任何事都需要“走后门”，一时间不正之风盛行。

①“黑拐”，高陵方言，专指办事送人的“礼物”。

②“饦饦”，高陵方言，指“公章”。

③“搭句话”，高陵方言，“说”的意思。

在家
种庄稼日本
来欺压心为
国舍了家
勇敢把敌子打
败日本再回家

一心报国

在家种庄稼，
日本来欺压，
一心为国离了家，
勇敢把敌杀，
打败日本再回家。

此首民谣盛传于20世纪三四十年代，正值抗日战争时期，全国掀起“保家卫国”的热潮，表现出劳动人民捍卫国家的决心。

粮食
7000亿斤
3700亿斤
1957
1958
胡吹哩冒摆哩成绩全是捏造哩
产量都是胡报哩干部都是
高升哩
丙申立冬石門高雲

胡吹哩

胡吹哩，
冒撂哩①，
成绩全是捏造哩，
产量都是胡报哩，
干部却是高升哩。

此民谣流传于20世纪50—70年代，浮夸风泛滥成灾，“放卫星”的高产，“假大空”的成绩风靡社会。虽然短短几句，朴素的词语中藏有犀利的讽刺意味。至今，此种现象仍在警示着人们。

①冒撂哩，“撂”，读（liāo），高陵方言，意思是没目的乱扔、抛弃。此处的意思引申为不着边际的胡吹冒谝。

新女婿來碾場 這下難壞了丈
母娘 打雞蛋很平常
炸油饃也不香 著急雞叫
喚 哇來母雞下蛋哇嗒
小跑到後院裡你說
這事咋辦哩
時在丙申之冬月
畫於古都
長安不閑齋記

女婿碾场

新女婿，来碾场，
这下难坏了丈母娘。
打鸡蛋，很平常，
烙油馍，也不香，
杀公鸡，叫鸣哩，
杀母鸡，下蛋哩，
鸭子跑到后院里，
你说这事咋办哩。

此首民谣语言诙谐、幽默，刻画出了“丈母娘爱女婿，就像罩窝的老母鸡”的人物特性，不知所措，手忙脚乱。

高陵有个拴牛橛

永乐有个崇文塔[1]，
离天只有丈七八。
咸阳有个冢圪瘩[2]，
和天高低不差啥[3]。
高陵有个拴牛橛[4]，
戳进天里多半截。

此首民谣流传于泾阳、咸阳、高陵地区。人们把三个地区地标性建筑用顺口溜的形式表述出来，一是突出特点，二是便于记忆。

①崇文塔，俗称“泾阳塔”，铁佛寺塔。该塔建于明代万历十九年（1591），砖木混合结构，13 层，总高 87.2 米，为我国现存最高的一座砖塔。

②冢圪。因在咸阳北原上一字排开，埋藏有汉代五位皇帝，封土雄伟，墓冢硕大，当地百姓把它称为“冢疙瘩”。

③拴牛橛。特指“高陵塔”。该塔为空心密檐式砖塔，13 层，高约 53 米，建于唐大中年间，为高陵地标性建筑。

粮款委员
下了乡狗腿
鸡飞狗跳墙
於古都长

民国乱象

粮款委员①下了乡，
狗腿子跟了一大帮。
绳子绑，锁镣扛，
村村鸡飞狗跳墙。

此首民谣流传于20世纪30年代。仅仅四句打油诗，就把当时征钱粮、乱收费，如同土匪一般的作风描绘出来。从民谣的口传向人们揭露了那个时期的黑暗，民不聊生。

①粮款委员，民国时期基层政府专门设立的向农民征收粮食、钱款的人员。

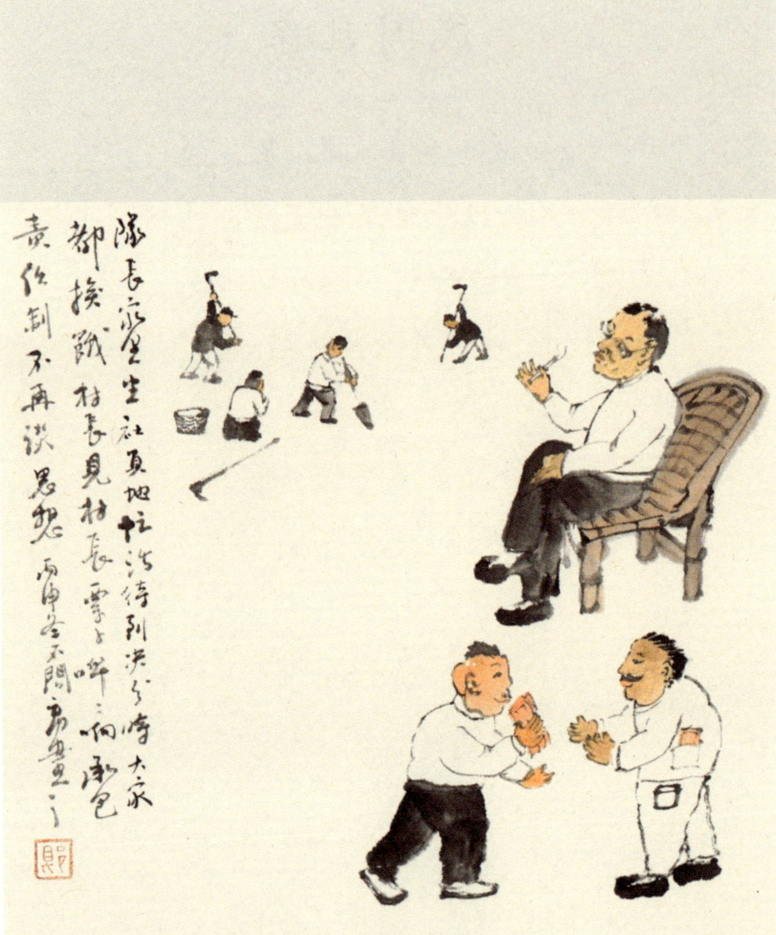

不再谈思想

队长家里坐，
社员地忙活。
待到决分时[1]，
大家都挨饿。

村长见村长，
票子[2]哗哗响。
承包责任制，
不再谈思想。

此首民谣分别用四句就给当时的生产队长，村长画了像。前句描写的是20世纪六七十年代农村基层劳动实行集体劳动，同工同酬，平均分配，年底决分一次。生产队长如同土皇上；后句传诵于20世纪80年代以后，实行土地承包责任制，各干各的，基层干部凭借手中的权力，办企业，跑运输，成为当时发家致富的红火行业。

①“决分”，这是20世纪50—80年代农村实行的一种分配制度，到年底时，根据各生产队劳动力的出勤数，汇总全年的收入，平均后将钱物、粮食、食油等生活必需品分给劳动者。

②“票子”，高陵人将“钱”称为“票子”。

村長書記你真好 活像一棵墻頭草 北風來了往南歪 南風吹了朝北倒 遇見問題不沾邊 那里那安哪里跑 歲在丙申冬月不問齋畫之

干部画像

村长书记你真好，
活像一棵墙头草。
北风来了往南歪，
南风吹了朝北倒。
遇见问题不沾边，
哪里请客哪里跑。

此首民谣形象地描画出了20世纪60—80年代农村基层干部的工作作风，具有典型性。特别是在农村实行土地承包制后，基层干部无所事事，极具讽刺意义。

坐在家里喊大干
广播室里创高产
喇叭叫得一身汗
肚子饿的咕噜转

岁在丙申之冬 驰之画

空喊

坐在家里喊大干，
广播室里创高产。
喇叭吹得一身汗，
肚子饿得咕噜转。

此首民谣让曾经经历过那个时代的人们勾起了往事的回忆，每个生产队都架有高音喇叭，整天的喊叫，空话，大话连篇，对我们的今天，仍有借鉴。

美帝國从南朝鲜滚出去
朝鲜的三千里江山必须统一
东風吹战鼓擂此去究竟
誰怕誰不是人民怕美
帝而是美帝怕人民
丙申之冬

东风吹

东风吹，战鼓擂，
现在究竟谁怕谁？
不是人民怕美帝，
而是美帝怕人民。

此首民谣带有明显的政治烙印，反映了20世纪六七十年代在全国掀起的反对美帝国主义的热潮。

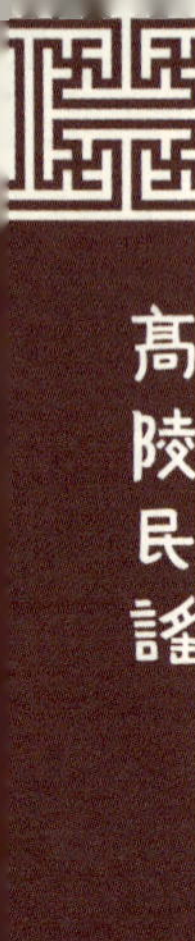

戳事窝

松树枝，刺儿多，
为了儿子受折磨。
儿子长大想管我，
谁知娶了个戳事窝①。
东一戳，西一戳，
戳得我老婆没奈何。

这是一首以农村老大妈第一人称的口语，自编自述的民谣，表达了自己和媳妇的矛盾冲突。反映出20世纪农村婆媳关系的一种普遍现象，也是当时的社会现实。

①戳事窝，高陵方言，指的是“爱搬弄是非的人”。

囍
囍

新“邻居”

花钱七千七，
娶了个新“邻居”①。
见面不说话，
上班看个娃，
整天不招嘴②，
还要喝你水。

此首民谣是20世纪60—80年代农村出现的分家现象的生动描绘。在前几首民谣中，都有集中的反映。能够广泛的传唱，只能说明问题存在的普遍性，引起全社会的关注。

①“邻居”，指的是儿子娶的媳妇。

②招嘴，高陵方言，“不说话”之意。

美國鬼子高鼻子想吃中國的猪蹄子
涎水流了一腔子跑到河里洗褲子叫
嚮踢了一腿子 西雲子不閑齋畫之

高鼻子

美国鬼子高鼻子，
想吃中国的凉皮子[①]，
蒜水水流了一腔子，
跑到河里洗裤子，
叫鳖踢了一蹄子。

此首民谣流传于20世纪六七十年代，正值举国上下掀起反美高潮，在“一切反动派都是纸老虎”的形势下流传产生的。语言简朴、诙谐、风趣。

①“凉皮子”，关中，特别是西安地区的名小吃。

大大帽子裹紅纓 你媽說話你不聽 媳婦說話一陣風 媽想吃梨沒有梨 坐在屋里干着急 媳婦吃梨去上集 吃着梨不作聲 還怕老媽隔墻聽 梨核吐到你手里 梨把偷着塞炕洞 丙申之冬 馳一畫

尖尖帽子裹红缨

尖尖帽子裹红缨，
你妈说话你不听。
媳妇说话一溜风，
妈想吃梨没有梨，
坐在屋里干着急。
媳妇吃梨去上集，
吃着梨，不作声，
还怕老妈隔墙听。
梨核吐到你手里，
梨把偷偷塞炕洞①。

此首民谣说明了婆媳关系在 20 世纪以来一直是家庭的矛盾主体。主要源于在那个时期，住房紧张，又都经常住在一起，难免引起家庭矛盾，而处在中间位置的儿子，只能是两头受“气”。

①炕洞，过去农村普遍睡的是土炕，置有炕洞以便冬天烧柴取暖。

我有一个钱 骑马到苏联
苏联技术高 剃头不用刀
一根一根拔 拔成电光[illegible]
电光[illegible] 能发电 拉到东
关 火车跑 不拉煤 不
拉炭 专让光[illegible] 去发
电

丙申冬 勉 ——

我有一分钱

我有一分钱，
骑马到苏联。
苏联技术高，
剃头不用刀，
一根一根拔，
拔成电光膛。
电光膛，能发电，
拉到东关火车站，
不拉煤，不拉炭，
专让光膛去发电。

这首歌谣，流传于 20 世纪 50 年代后期的关中地区，是人民群众对于电最初的新鲜感与好奇感的表现。

大寨路放光輝踏着虎步
朝前飞跨過長江不歇後
闊步跃入千斤隊
歲在丙申冬馳書

农业学大寨

阔步跃入千斤队

大寨路，放光辉，
踏着虎步朝前飞。
跨过“长江”不歇缓，
阔步跃入千斤队。

20 世纪 60 年代开始，全国在农业战线上树立了一面旗帜，那就是农业学大寨（大寨位于山西省昔阳县）。此首民谣就是那个时期的真实写照，当时规定的亩产指标“跨长江”是 800 斤产量。有些地方水肥相对赶得上，亩产已突破了千斤。

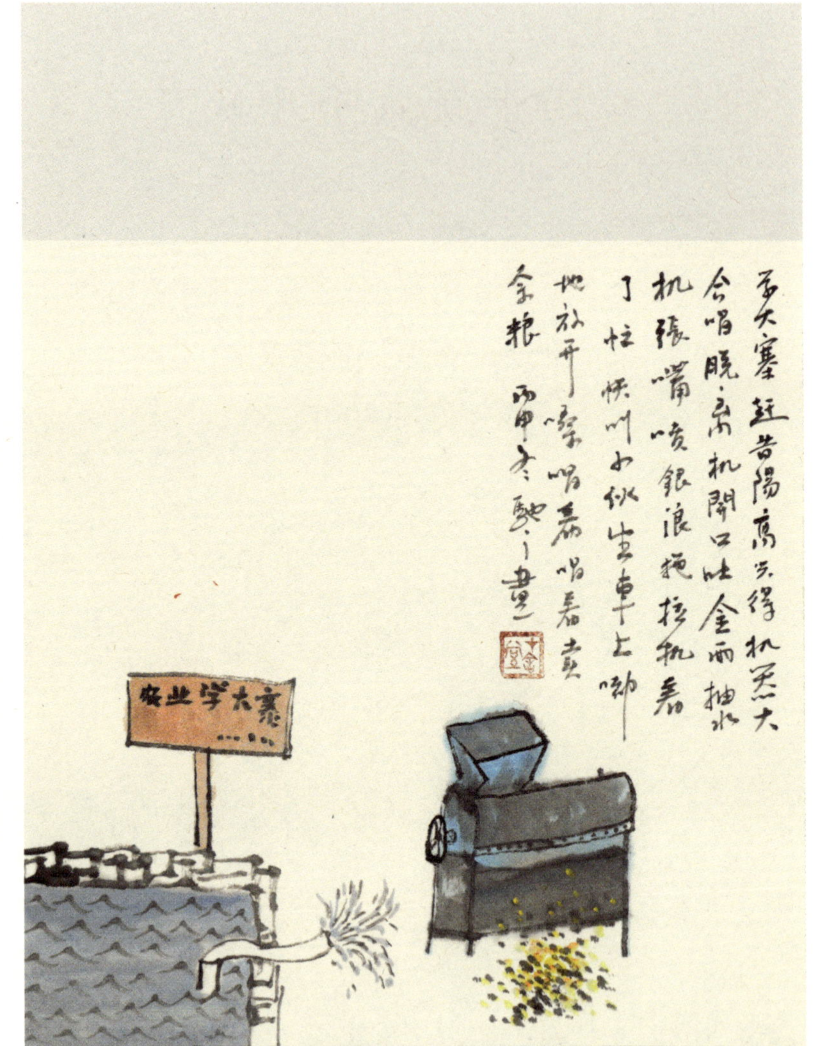
农业学大寨

学大寨 赶昔阳

学大寨，赶昔阳，
高兴得机器大合唱。
脱离机开口吐金雨，
抽水机张嘴喷银浪。
拖拉机，着了忙，
快叫小伙坐车上，
“嘟……”地放开嗓，
唱着唱着卖余粮。

此首民谣反映那个时期农业生产的一种景象，同时也折射出人们的精神面貌。

学大寨赶昔阳 大干大干大变样
路变端 地变方 水渠成网树成行
社社亩产跨长江 队队建起战备仓

农业学大寨
××生产队

队队建起战备仓

学大寨，赶昔阳，
大斗大干大变样。
路变端，地变方，
水渠成网树成行。
社社亩产跨“长江”，
队队建起战备仓。

这首流传于20世纪六七十年代的民谣，是“抓革命，促生产，备战、备荒、为人民”的产物。

五尺鋼鍬握在手 土地見我顫悠悠
翻地灑下千屯汗 鐵脚踏去
丰收園 歲在丙申冬 馳之畫

铁脚踏出丰收图

五尺钢锨握在手，
土地见我颤悠悠。
翻地洒下千吨汗，
铁脚踏出丰收图。

这首流传于20世纪六七十年代的民谣，其背景是20世纪开展的深翻土地运动时的劳动场景，以及社员群众的大干劲头。

肥鸡肥猪肥母羊，新厢新柜新瓦房，
样样东西都珍贵，不如奖状挂上墙，
奖状飘出汗水香。

丙申冬 驰 画

奖状

XX同志：

在一九七七年农业学大寨运动中被评为劳动模范

奖状挂上墙

肥鸡肥猪肥母羊，
新箱新柜新瓦房。
样样东西都珍贵，
不如奖状挂上墙，
奖状飘出汗水香。

此首民谣揭示出 20 世纪 60—80 年代人们对物质和精神的追求，考虑更多的则是政治方面的追求，注重的是精神鼓励，反映出 20 世纪人们世界观的价值取向。

説一千道一萬不如帶頭多流汗干部要學領頭羊莫學吱哇光叫喚 丙申冬馳丁畫

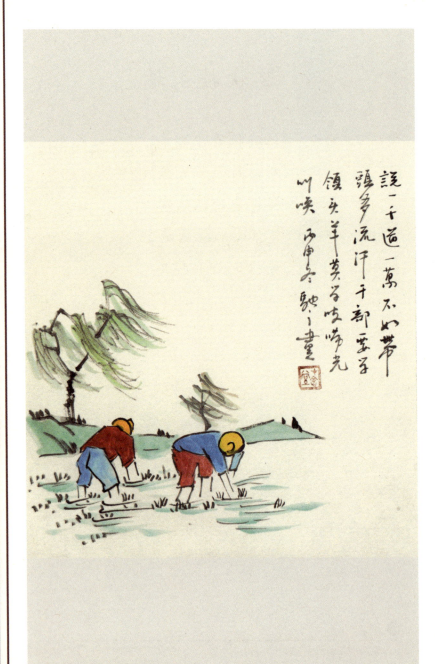

实干歌

说一千，道一万，
不如带头多流汗。
干部要学领头羊，
莫学“吱唠”光叫唤[①]。

这首民歌流传于关中地区，是学大寨时的产物。讲的是实干精神，也是村看村、户看户、社员看的是干部。火车跑得快，全靠车头带的一个翻版。

①“吱唠”，高陵土语，即“蝉”。

昨晚结婚谈竞赛今朝扛锄下地来妇女争看新媳妇满脸飞霞头不抬不是讨厌众人看不是害羞红满腮只因心学大寨心急错穿男人鞋

丙申冬 驰之画

一心学大寨

昨晚结婚谈竞赛，
今朝扛锄下地来。
妇女争看新媳妇，
满脸飞霞头不抬。
不是讨厌众人看，
不是害羞红满腮。
只因一心学大寨，
心急错穿男人鞋。

注

这是一首反映农业学大寨时期小两口学大寨的民谣，生动、活泼，有趣味。

往年种麦用锄头又慢又没人发
愁今年种麦用铁牛又快又深
像丰收机械化是幸福路快
步如飞不停留 雷中驰之书

铁牛歌

往年种麦用锄头，
又慢又浅人发愁。
今年种麦用“铁牛”[1]，
又快又深保丰收。
机械化是幸福路，
快步如飞不停留。

①高陵人把拖拉机称为“铁牛”。过去犁地全依赖牛耕作，20世纪70年代后，拖拉机逐渐替代了牲畜耕作。

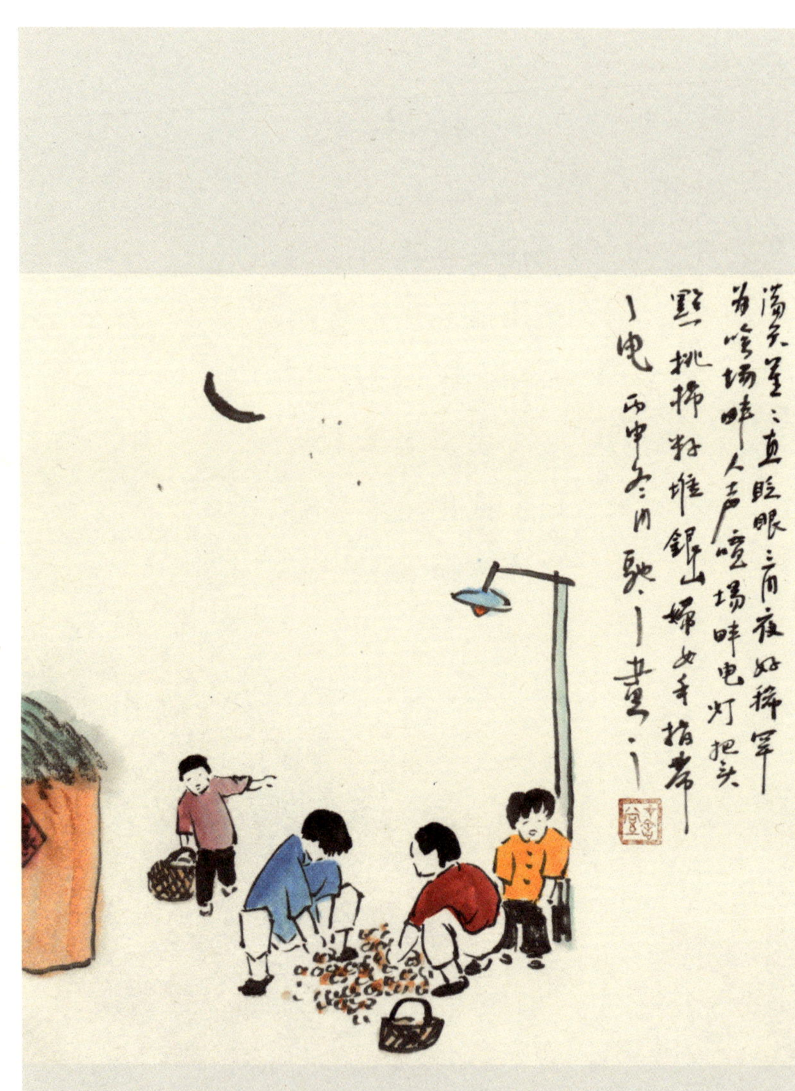

三月夜

三月夜，好稀罕，
满天星星直眨眼。
为啥场畔人声喧，
场畔电灯把头点。
挑棉籽，堆银山，
妇女手指带了电。

20 世纪 70 年代，高陵地区还是重点的产棉区。每当快到种棉花季节，为提高产量，常常需要选挑优良棉花种子育苗。入春后，为赶时间，农村就开始了选种劳作。此首民谣就描写了那时的情景，让人身临其境。

一夜春风柳芽发社员
上工笑哈哈只因春风
送暖来人心早开迎
春花

人心早开迎春花

一夜春风柳芽发，
社员上工笑哈哈。
只因春风送暖来，
人心早开迎春花。

这是一首20世纪70年代流传于关中一带的民谣，表现了劳动人民在党的阳光雨露下开心生产的热烈场面。

喜 喜

穿花袄

新郎浇地到天晓，
泥浆溅满新棉袄。
新娘侧身没看清，
“穿上花袄不害臊？”
铜铃一串满屋笑。

这首民谣在调侃、诙谐中，反映出劳动人民乐观向上的精神风貌。

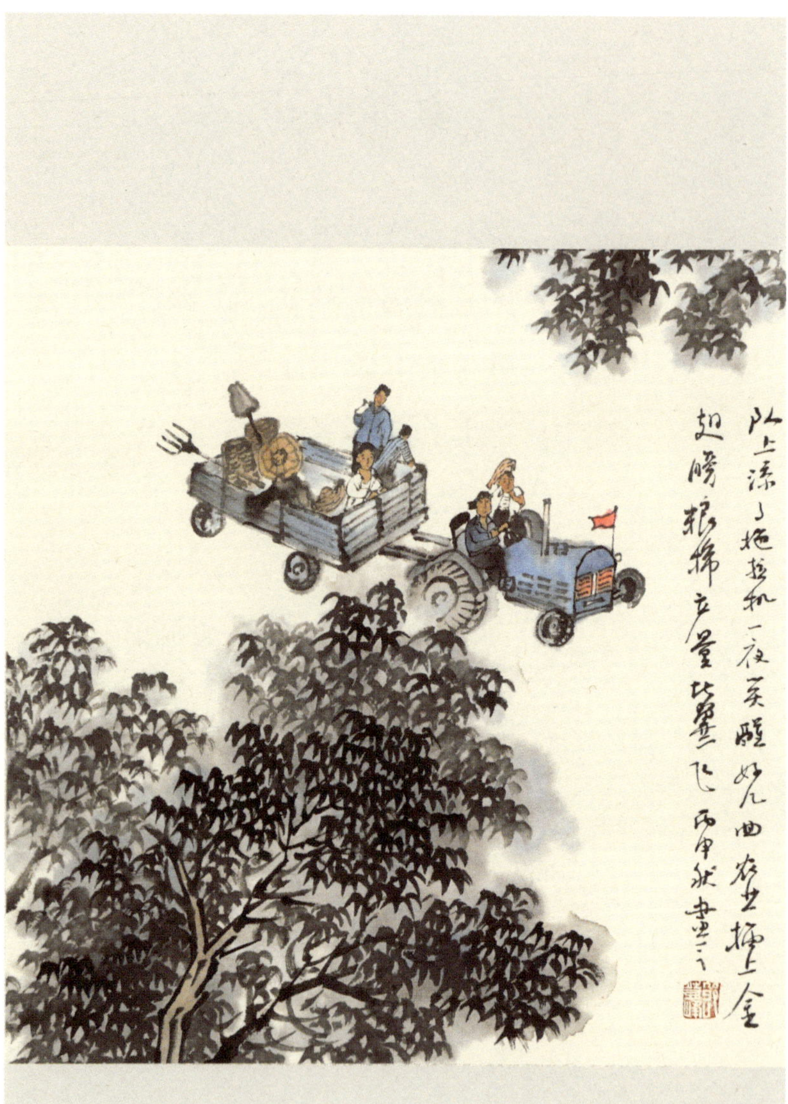

队上添了拖拉机

队上添了拖拉机，
一夜笑醒好几回。
农业插上金翅膀，
粮棉产量比翼飞。

此首民谣流传于20世纪70年代。在农业实现现代化中，每个村要配台拖拉机。这是“四化”的标志之一。当时的生产队，还处在手工劳动作业阶段，对拖拉机的拥有，对于当时的人们来说，高兴之情难于言表，正如民谣中说的“一夜笑醒好几回”。

白蟒塬畔红旗摆
万杆红旗迎上来
五年要办大寨县
誓叫全国变旗海
岁在丙申秋不閒写画

誓叫全县变旗海

白蟒塬①畔红旗摆，
万杆红旗跟上来。
五年普及大寨县，
誓叫全县变旗海。

这首民谣传诵于20世纪70年代，正值全国掀起农业学大寨热潮。每到春秋之际，都要开展平整土地，大搞农田基本建设的运动，全县人民齐动员，可谓场面壮观。

①白蟒塬，又称奉正原，横亘在渭河北岸，长20余公里。俨然一道天然屏障，阻挡着渭河河床的北移。整个塬系自西北向东南倾斜，海拔在357—414米之间。

包产到户人人夸

爆竹声声半空炸，
炸开心里大疙瘩。
不等队上铃声响，
提早上活催全家。
政策落实干劲大，
包产到户人人夸。

此民谣传唱于 20 世纪 80 年代初，正值全国在农村开始实行包产到户。在长时期的公社化劳动中，形成了吃“大锅饭”的“干活乱轰轰，上工一窝风”的恶习。为调动农民生产积极性，后实行包产到户，体现出了当时农民的心理变化。

吐心声

姑娘爱上农机手，
想吐心事难开口。
绕到机房擦机器，
误将新袜递在手。
小伙不解直眨眼，
姑娘看得低下头。

此首民谣流传于20世纪70年代，表露出那个时代年轻人之间纯真羞涩之情感交流，洁如玉兰。

一年建成大寨县[1]

地畔的树木举起拳，
渠里的浪花也在喊。
一年建成大寨县，
誓叫高陵换容颜。
社社争，队队赶，
人人心里火一团。
高产了还要再高产，
大干了还要再大干。

此民谣时代特色浓厚，表达出 20 世纪 70 年代农民群众战天斗地，农业学大寨的决心和斗志昂扬、意气风发的精神面貌。

困難多怕什么一脚
踢開才快治鹽鹼
土摻上几斤肉沙灘
要變金銀窩
歲在丙申之秋
畫之不問齋南記

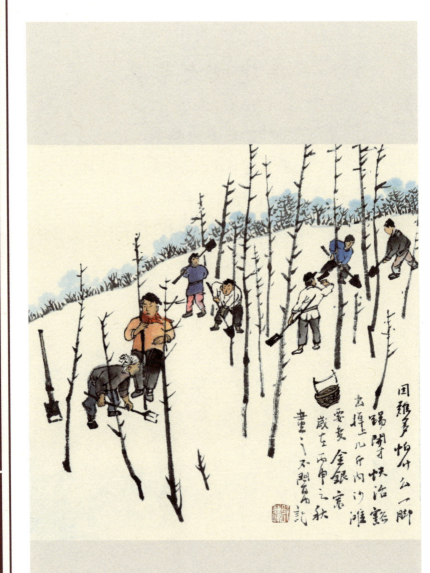

沙滩要变金银窝

困难多，怕什么，
一脚踢开才快活。
豁出掉上几斤肉，
沙滩要变金银窝。

注

此首民谣流传于渭河沿岸地区，反映了当时人民群众战天斗地的决心和意志。高陵的南部，处在渭河的冲积地带，沙化严重，土地贫瘠，产量低。为了向沙滩要粮，向渭河要地。当地人民群众围沙造田，改造沙土地，提高粮食产量，掀起了可歌可泣的贡献。

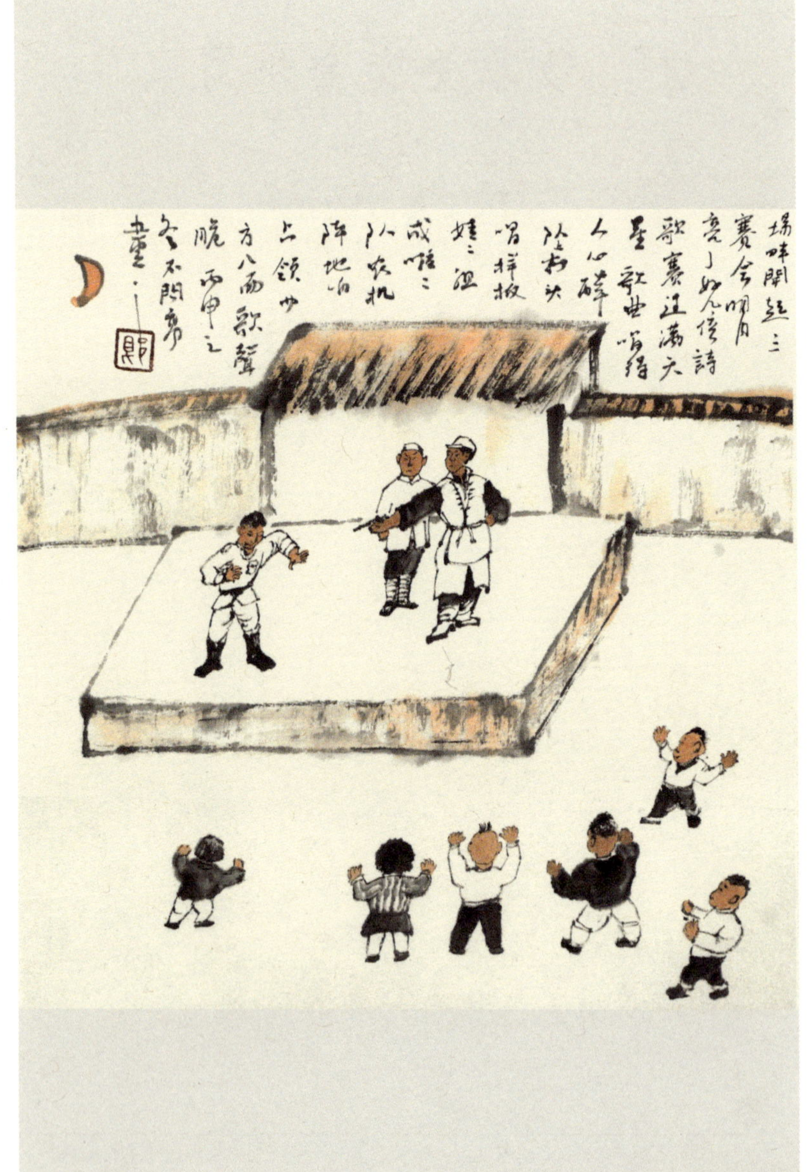

三赛会

场畔开起“三赛会”[1]，
明月亮了好几倍。
诗歌赛过满天星，
歌曲唱得人心醉。
队长打头唱“样板”[2]，
娃娃组成啦啦队。

①“三赛会”，即20世纪70年代在全国各地兴起的一次文化热潮，即“赛诗、赛歌、赛戏”，特别是在农村，影响最广，农民在干活期间，晚上在村办的夜校里，广泛开展“三赛”活动。

②“样板”，20世纪70年代在戏剧界有《红灯记》《智取威虎山》《沙家浜》等七部，成为当时戏曲的精品之作，被树立为样板戏在全国推广。

政治夜校办我庄我家添了新气象爷々当了老"教授"奶々
提笔写文章妈々灯下讲家史嫂々会上发言忙我举
红灯高声唱打不尽々豺狼决不下战场 雪秋癸卯年

讲台

政治夜校到我庄

政治夜校[①]到我庄，
我家添了新气象。
爷爷当了老“教授”[②]，
爸爸提笔写文章。
奶奶灯下讲家史，
妈妈会上发言忙。
我举红灯高声唱，
“打不尽豺狼决不下战场”[③]。

①在 20 世纪 70 年代，为了提高工人、农民的政治、文化水平，从上至下在工业和农业领域纷纷办起了政治夜校，诸如工人夜大、农民夜校等。这种夜校不脱产，一般在晚上下班收工后进夜校学习，收到了一定的效果。

②“教授”，在夜校中担任教课的，都是工厂、农村第一线熟练的工人、农民。

③此句为革命现代京剧样板戏《智取威虎山》中小常宝的一句唱词。

玉米面打攪團要說不如愛
老漢兒女大了瞪白眼知
熱知冷老來伴
歲次丙申仲冬月於長
安不閑齋記

冷暖歌

玉米面，打搅团①，
爱儿不如爱老汉。
儿子大了瞪白眼，
知热知冷老来伴。

这首歌谣流传于关中一代，是对家庭生活的真实写照，也呼唤着忠孝良知的苏醒。尽管有些苦涩，与相知相伴的企盼，但是经过民谣的吟诵，能够让其找回失却的心灵。

想哥哥

想哥哥，盼哥哥，
翻来覆去睡不着。
衣服搭在被子上，
驮着衣服当驮哥。
拿上筷子满碗戳，
碗沿咬出一个大豁豁。

此首民谣生动地描写了 20 世纪年轻的未婚女子思念男朋友的内心情感。在那时，男女之间是不能随便来往的，即使订了亲，也有约束。既反映出爱情的严谨，又透露着人性的压抑。

叫聲哥哥你
快來妹妹爱你
不爱財晚上
後門開着哩
妹子在屋候
着哩
歲在丙申
之仲冬月
於長安不閒
高畫之

约会歌

叫声哥哥你快来，
妹妹爱你不爱财。
晚上后门闭着哩，
妹子在屋候着哩。

此首民谣同前一首类似，直白地表现出爱情的迫不及待，暗示了那个时代对爱情的桎梏。

喝罷湯還得排隊老三篇天天
要背忠字舞不跳就得上會
批對象先給主席跪
歲在丙申冬不問高畫里人

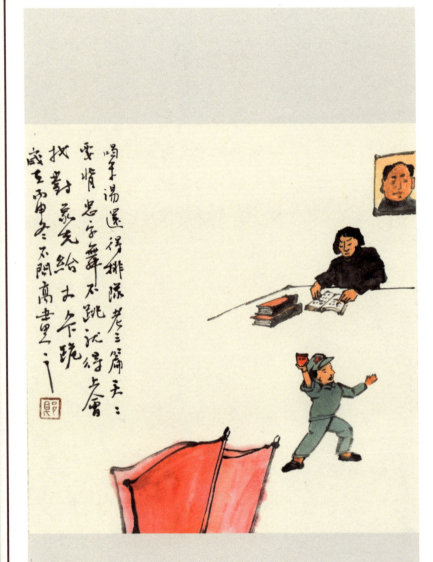

世时歌

喝米汤还得排队，
“老三篇”天天要背①，
“忠字舞”不跳就得上会②，
找对象，先给丈人下跪③。

此首民谣流传于20世纪六七十年代。

①“老三篇”，指的是《为人民服务》《纪念白求恩》《愚公移山》，几乎大人小孩都能熟背。

②“忠字舞”，那个时代盛行的舞蹈，不受人员、场地限制，均可跳。

③那时的经济相对贫困，男方若穷，交不起彩礼，就得向女方上门求婚。

交粮不付麦顆千催款誰管补丁衫借着吃
打麦還跟上碌碡過个年
歲在丙申之冬不問齋畫並記

跟上碌碡过个年

交粮不等麦颗干，
催款谁管补丁衫[1]。
借着吃，打着还，
跟上碌碡过个年[2]。

这首民谣流传于20世纪四五十年代，是当时农村生活的真实写照。

親戚一片浮華親人情全都是
假見了不要還虛表盡都是錦
上添花靠親戚吃飯餓死
靠朋友穿衣凍死倒不如勤儉
持家免得看人家眉高眼下
歲至丙申之冬不問齋主畫

自奋歌

谈世事一片浮华，
说人情全都是假。
见几个雪里送炭，
尽都是锦上添花。
靠亲戚吃饭饿死，
靠朋友穿衣冻煞。
倒不如勤俭持家，
免看人家眉高眼下[1]。

注

这首民谣流传于关中一带，是经验之谈，也有自勉之歌。

左手提籠右手拿鍬出了家門端朝南十字路口四面瞅那里有糞那里走

歲在丙申之冬二不閒畫

拾粪歌

左手提笼右手拿锨，
出了家门端朝南，
十字路口四面瞅，
哪里有粪哪里走[1]。

20世纪60年代以来，由于追求粮食产量，肥源成为各生产队的突出矛盾。当时，化肥还很短缺，各部门、单位厕所被分割一空，有时还为拉粪而起矛盾，于是派出了劳力手提笼筐，拿着锨，沿马路及街道捡拾牲畜粪。当时汽车很少，大街上行走的，大都是牲畜拉车。拾粪的人走在十字路口向四周观望，哪里有马车行驶的痕迹，就朝那个方向走，这样才能拣到粪，好交差。

此首民谣形象、逼真。

妆奁卖与别人家

婚姻几见斗奢华，
金屋藏娇枉自夸。
儿女不树立业志，
妆奁卖与别人家[1]。

此首民谣旗帜鲜明，鼓励并告诫年轻一代树立正确的婚姻观、人生观。流传于20世纪70年代。

①妆奁，古代女人梳妆用的镜匣，这里指嫁妆。

满汉全席也枉然

父母辛劳两鬓斑，
衣食温饱理当先。
在世未尽儿女孝，
满汉全席也枉然。

此首民谣流传于20世纪60—80年代。告诉年轻一代要孝敬老人，回报养育之恩，摒弃当时的薄养厚葬之风。

謠 蛇蛋道 蛇蛋蛇蛋渾身都是寶 蛇蛋的皮
縫棉衣 蛇蛋的腿當柴燒 蛇蛋的尾巴當鞭
桿 蛇蛋的血炸油糕 蛇蛋的眼睛滾核桃 蛇
蛋的鼻涕當調料
丙申仲冬

蛇蚤歌

说蛇蚤，道蛇蚤[①]，
蛇蚤混身都是宝。
蛇蚤的皮缝棉袄，
蛇蚤的腿，当柴烧，
蛇蚤的尾巴当鞭梢[②]，
蛇蚤的血炸油糕，
蛇蚤的眼窝滚核桃[③]，
蛇蚤的鼻涕当调料，
蛇蚤的尸体能解剖。

这首歌谣在诙谐幽默中尽情调侃，充分地反映了劳动人民的无穷智慧。

天黑地黑蛇们黑，拉个黑牛种黑麦，他大黑她媽黑，拉来他舅比顏色，他舅还比鍋底黑。

丙申不閒齋畫

说黑

天黑，地黑，蛇洞黑，
拉个黑牛种黑麦。
他大黑，他妈黑，
拉来他舅比颜色，
他舅还比锅底黑。

注

这首歌谣，以黑为题，展开想象，用秦腔的戏剧语言，增添了生活中的情趣。

麻利婆娘进灶房

麻利婆娘进灶房，
克里马擦①饭停当。
把面揉成石头蛋②，
奶头摆的呼闪闪。
面擀的就像三股线，
下到锅里莲花转。
公一碗，婆一碗，
两个媳妇各半碗。

此首民谣勾勒出农村年轻媳妇心灵手巧，手脚麻利的人物形象。
①克里马擦，高陵方言，即“干活干练，利索”之意。
②石头蛋，形容面和的硬，面硬，醒到了擀出的面筋到，耐嚼。

谢饭歌

孝子给咱谢饭哩，
没有辣子有蒜哩。
操[①]着哩，吃着哩，
端上杯子喝着哩，
有看哩，有转哩，
瞎好吃饱谄着哩[②]。

此首民谣是高陵地区人们在办丧事时，孝子谢酬执事客及乡邻时的用语，由主持人将主人的心里表达出来。

①“操”，高陵方言，意思是“用筷子夹”。

②“谄着里”，高陵方言，谄应读（chàn），意思是“好着哩，好得很”。这首民谣同时也流行于关中渭北地区，把人们办丧事的情景勾勒得活灵活现。

不爱炕角的丑老婆

豆芽菜，拄拐拐，
上集来，做买卖。
三十黑了才回来，
我不吃，我不喝，
我爱炕上的花朵朵①，
不爱炕角的丑老婆。

20 世纪 70 年代的农村，“割资本主义尾巴”的风潮，使得农民生活低下。特别是经济收入仅仅靠每年生产队决分下来，有时竟成为“透支”户而无钱购买生活必需品，就只能在家里偷偷地搞点小副业，以维持生计。此首民谣流露出农民竟寄托“豆芽菜”能成为他维持生活的命根子而胜过自己的老婆，可见那时的农民收入是何等的微少。

①“花朵朵”，指豆芽菜。一般用黄豆和绿豆来发，冬天，温度低，不易发芽，就放在热炕上。

外来女

我大我妈爱吃面，
把我卖给高陵县。
路又远，井又深[①]，
抱着辘轱骂媒人[②]，
媒人心贪没良心。

注

此首民谣为外嫁于高陵之女的心声表白。高陵素有关中“白菜心”之誉，盛产粮食。20世纪六七十年代是全省少有的产粮大县，而受到国务院的表彰，也成为周边邻县的羡慕之地，外地女子以嫁给高陵为荣。

①高陵地区一马平川，但靠近渭河北岸的部分村落，由于地处白蟒塬腹地，地势高，海拔在500米左右，相对于平原而言，落差较大，吃水较为困难，一般的水井深度在三五十米，且交通不便，距县城较远。

②“辘轱”，读（lù lú），安装在水井上的一种取水工具。

捶布石 响叮当 爹妈喜女
不爱儿 要下银两还了
帐 不如女儿受恓惶
岁次丙申冬月于长安
不问斋记

捶布石

捶布石①，响叮当，
爹妈卖女不商量。
卖下银两还了账，
不知女儿受恓惶。

此首民谣流传于 20 世纪三四十年代，因家贫寒，无法生活，故将女儿卖于他人以求生路，还账抵债。

①捶布石，过去农村用来捶打洗后的被单等物用的石头，平面光滑，捶后的棉织物平展。

刺刺花開不紅阿家打我心不疼白天打黑了擰不是鞭子就是繩 丙申之冬 不閑鳥畫之

刺荆花

刺荆花，开不红，
阿家[1]打我心不疼。
白天打，黑了拧，
不是鞭子就是绳。

此首民谣反映出旧社会过门的媳妇受婆婆虐待的心里诉说。
①阿家，高陵方言，娶过门的媳妇将男人的母亲称为“阿家”。

餓死餓活不給馬渡村
財主干活不是上
坡就是下河歲去
丙申年冬月不聞高畫

长工怨

饿死饿活，
不给马渡村①财主干活，
不是上坡，
就是下河。

此首民谣流传于 20 世纪 30—50 年代。

①马渡村，位于高陵渭河北岸，奉正原横贯其村。因村内地势高低不平，村南又面临渭河，古时设有渡口，曾驻扎过骑兵，人称马渡。

有七天氣好大姑娘變大嫂
嘴上叫喚心裏笑屁股坐上
大花轎
丙申之冬不聞齋畫之

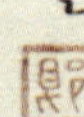

姑娘心态

七月七，天气好，
大姑娘，变大嫂。
嘴上叫唤心里笑，
屁股坐上大花轿。

七月七，即传统的七巧节，是姑娘们赛女红的日子，也叫“合欢节”，此节根据七月七牛郎会织女传说而来的。这首歌谣充分地表现出姑娘对幸福生活的向往与美满婚姻无言的追求。

嫁夫感言

（一）

姐姐低头做针线，
嫁夫别嫁在外汉。
十年夫妻两年半，
一年四季不见面。
今日盼，明日盼，
盼回一堆烂衣衫。
洗的洗，浆的浆，
不到天明又离乡。
不如嫁给庄稼汉，
一天能见三回面，
一晌不见面，
提个罐罐去送饭。

这首歌谣反映了劳动妇女朴素的爱情观，从侧面也说明了劳动妇女对爱情的忠贞，追求一种相思相守的婚姻态度，既是婚姻的追求，又带有普遍的经验教训。这首民谣一直流传在关中一带。

嫁郎莫嫁讀書郎
朝夕無伴守空房
有天得道升官志
忘恩負義換婆娘

丙申冬不聞高畫

嫁夫感言

(二)

嫁个在外的，
不如嫁个卖菜的。
白天卖菜哩，
黑了可在哩。

(三)

嫁郎莫嫁读书郎，
朝夕无伴守空房，
有天得道升官去，
忘恩负义换婆娘。

注

此两首类似于前首，均反映出当时妇女对婚姻注重的是相守、形影不离的人生观念。

天鵝蛋捏封々你媽說話你不聽媳婦說話笑盈々吃个點心嘴邊送你說你騷情不騷情

丙申冬不聞鳥畫

天鹅蛋

天鹅蛋，提封封，
你妈说话你不听。
媳妇说话笑盈盈，
吃个点心嘴边送，
你说你骚情不骚情。

这首民谣表现了夫妻恩爱的情景，但是也从侧面反映了爱心偏移的细节，意在提倡尊老爱妻的精神指向。

儿多女多挨的锤多

家庭百态

（一）

媳妇娶全啦，
儿子丢完了。
米汤熬粘啦，
孙子爬严啦。

这首民谣在 20 世纪七八十年代流传于关中一带，充分地体现了母子、婆媳之间的关系，也从侧面反映了那个时代娃多拖累大的现实。

家庭百态

（二）

花了千二八，
娶个新冤家。
见面不说话，
下地丢个娃。

注

此民谣是对 20 世纪农村婆媳之间关系的一种最好的揭示。

花了千二八 娶个新
家
見面不說話 下地去个
娃
丙申之冬 不聞泉畫

家庭百态

（二）

花了千二八，
娶个新冤家。
见面不说话，
下地丢个娃。

注

此民谣是对 20 世纪农村婆媳之间关系的一种最好的揭示。

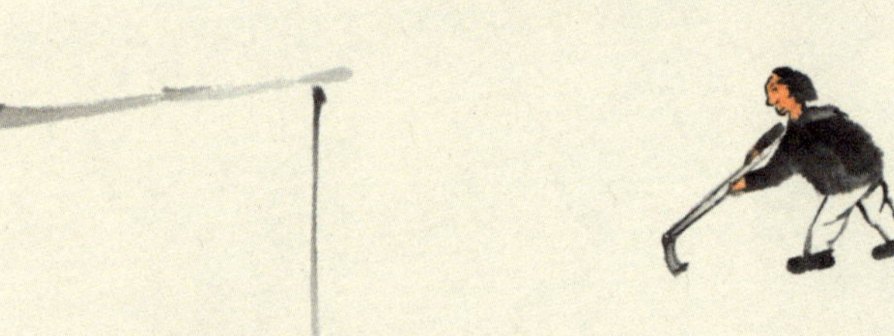
花了千二八娶个新冤家
見面不說許下地去个娃
丙申之冬不閒泉畫

家庭百态

(三)

儿多女多，挨的错多，
受的话多，拖的累多，
买的锅多，挨的骂多。

此民谣深刻地反映着那个时代不注重计划生育，加之风气不良，深受娃多拖累之大苦。

十娃歌

老大得病老二看，
老三提个大尿罐，
老四拿个蒸馍转，
老五要吃畲畲面，
老六烧锅老七擀，
老八先占了个大老碗，
老九着急连锅端，
老十气得干瞪眼。
老俩口直抱怨，
你看娃多谄不谄。

这首流传于20世纪六七十年代的“十娃妈”歌谣，原意是说娃多累大，也说明了无节制的生育，给正常生活带来的无奈状态。

社员炼出斗天胆

没见过的天大旱，
没经历的人大干。
扁担水桶一条龙，
盆盆罐罐一溜串。
水泵叫，水车喊，
惊得水头出地面，
乖乖听人来使唤，
乖乖地流进长渠里，
乖乖地流进地畔畔。
玉米苗苗鼓了劲，
一夜三寸往上蹿。
公社自有回天力，
社员炼出斗天胆。

这首歌谣产生于20世纪50—70年代，歌谣写的是人民群众大干抗旱的壮观场面，属于“大跃进”类型的歌谣。

孝敬歌

一棵白菜七寸高，
老娘生病我心焦。
请来大夫开药包，
开下方子没钱掏。
拔下金簪又卸翠，
人人都说可惜了。
我管它能值多少钱，
只要老娘病好了。

这是一首充满孝敬意味的歌谣。不管是女儿还是媳妇，这种精神都是应该赞美的，也是关中人性格的集中的再现。这种担当精神，正是中华民族的传统美德，需要发扬光大。

叫乡党快去上战场 快去把兵当 等到
鬼子打到咱家乡 老婆孩子遭了
殃 才去把兵当
岁次丙申冬月 驰之画并记

快去把兵当

叫乡党，快去上战场，
快去把兵当，
等到鬼子打到咱家乡
老婆孩子遭了殃，
才去把兵当。

此首民谣流传于 20 世纪三四十年代，既是一首民谣，也是一种呼唤，充分表达了那时全国人民抗战的决心，具有极强的时代感与号召力。

①乡党，陕西关中语言，对老乡的一种称谓，表示亲近。在古代，以五百家户为乡，合称为乡党，是人口的计量单位，后引申为把同一地区、同一乡里同村居住的人统称为“乡党”。

省政府，有电报

省政府，有电报。县政府，有传票。
下乡委员发了笑，皮袄子，套外套，
腰里带的“合子炮”①。
自行车，顺墙靠。
保长一劲赔脸笑，
忙把自己儿子叫，快去把咱板凳端，
隔壁取盒“鸡鸣烟”②。
自己拿了半截砖，对面坐下谝闲传。
快烧锅，打鸡蛋，快杀鸡，快擀面。
四个菜碟桌上端，脚到先吃打个尖③。

这是国民党时期流传在关中一代的一首歌谣，反映了民国时期保长奉迎的丑态。

①指“二十响”手枪。

②民国时期生产的一种香烟名称。

③这是关中一带的生活习俗，指来了客人，怕肚子饿，先吃一点，垫吧垫吧肚子。

娶个冤家

（一）

娶个媳妇一千多，
到了家里比婆恶。
浑身穿的毛料子，
娘的屁股露出烂套子。
你再不扯的确良，
回到家里不叫娘。

（二）

今后日子各顾各，
我擀面，你烧锅，
咱俩的生活多红火。
平时不跟你妈说话，
上活给她蹲个娃，
她的孙子若不管，
把你先人骂个地朝天。

这是反映婆媳、夫妻关系的一首民谣，诉说着当婆婆的艰难与无奈。

后记

很早就萌发为青少年儿童编写反映家乡历史文化课外读本的想法。承蒙中国民间文艺家协会王勇超副主席的厚爱和鼓励，上级领导的支持，才促成《高陵童谣》《高陵民谣》的出版。

年轻一代是祖国的未来和希望。如今，在西方各种社会文化思潮的涌入下，我们有责任和义务让青少年儿童了解过去的父辈们如何度过自己美好的童年，记住乡愁，发扬和传承中华优秀的传统文化，树立文化自信，增强对优秀传统文化的认知感和对现在幸福生活的热爱。正值中办、国办《关于实施中华优秀传统文化传承发展工程的意见》正式公布，更增添了该读本出版的必要性。

在编写采录过程中，参阅了部分地方编辑的资料，对负责出版、校对、责编的同志的辛勤付出表示感谢。

由于编者水平有限，不足之处恳望指正。

编者

图书在版编目(CIP)数据

高陵民谣 / 甄陵，张新龙，吴瑛编著. —上海：文汇出版社，2017.6

ISBN 978-7-5496-2169-9

Ⅰ. ①高… Ⅱ. ①甄… ②张… ③吴… Ⅲ. ①民间歌谣-作品集-高陵县 Ⅳ. ①I277.241.4

中国版本图书馆 CIP 数据核字(2017)第 129256 号

高陵民谣

编　　著 / 甄　陵　张新龙　吴　瑛
责任编辑 / 熊　勇
出版策划 / 力扬文化

出版发行 / 文匯出版社
上海市威海路 755 号
(邮政编码 200041)
印刷装订 / 成都勤德印务有限公司
版　　次 / 2017 年 6 月第 1 版
印　　次 / 2017 年 6 月第 1 版
开　　本 / 880×1230　1/32
字　　数 / 120 千
印　　张 / 6 印

ISBN 978-7-5496-2169-9
定　　价 / 38.00 元